如是我聞

여시아문

如是
양동림 시집 **여시아문**
我聞

완생을 꿈꾸는

미생에게 바칩니다.

2023년 8월 2일

如是我聞

여시아문

차례

1부

나는
이렇게 들었다

바둑

내 돌 하나 날라다 놓으면

너도 하나 날라다 놓고

내 집 한 채 지을 때 너도 집 한 채 지으면

그럭저럭 서로 살자고 할 것을

내 살려 터 닦은 곳에

자네가 돌 하나 탁 던져 놓으면

나도 자네 집터에 돌 던지고 싶고

이러저러 서로의 집이 부서지고 깨지고

나 한번 자네 한번

흑색이고 백색이고

서로 담장에 색칠만 달리해서

둥가둥가 어울려 살면 될 거인데

어허라 싸우고 어우러지고

힘센 놈이 이기는 게

그런 게 세상이라고 하기엔

너무나 가슴 아픈

집 없이 떠도는 설움

반반한 터에 내 기둥 하나 세워

한 계절 흐르니

그대 또한 한 계절을 기둥 세워

하늘 한번 바라보고

마주 보고 내 다시 기둥 세우고

그대 또한 어우러지니

잔잔한 세계에 흰 별 검은 별

슬며시 내려와 자리 잡아

어느 순간에 삶의 이야기가 되고

세상 사는 노래가 되고

수담(手談)

내가 하는 말보다

상대가 하는 말을 더 들으려 애쓴다

나는 말을 하였으되

상대가 모르길 바라고

상대가 하는 말은 바로 알아차려야 한다

나는 이중 삼중의 뜻을 말하고

상대가 하는 말은

그중 제일 하고 싶은 말이 무엇인지

그리고 그에 맞는 답을 내가 해야 하는 것

손짓 한번에 세계를 담고

손과 손이 오가며 우주를 담아내는

바둑판 속 돌들의 언어

축

힘이 없는 나는 쫓기고 있다 외길이다
내가 갈 길을 이미 다 알고 있는 놈은
끈질기게 쫓아오며 목을 죄어오고 있다
한 걸음 나아갈 때마다 머리를 두드리며
양쪽을 번갈아 길을 막아서는 상대는
동물의 왕국에 나오는 자칼처럼 날쌔다
나는 결국 동료들과 멀리 떨어진
가젤처럼 최후를 맞을 것이다

장문(藏門)

그물에 갇혀 버렸다

조금만 더 가면 친구가 저기 보이는데

촘촘한 그물을 벗어나지 못하고

허우적대는 물고기

서서히 말라가는 내가 보인다

비옵니다! 비옵니다!

비록 내가 살지 못한다 해도

나의 죽음이 헛되지 않았다고

칫수

친구들끼리 당구를 칠 때도
약한 자에게 핸디캡을 주고
정정당당하게 하는데
세상은 모순이다
첫발을 내딛는 순간부터 그는
화점을 빼곡하게 차지한
학벌 인맥 지연 재산 중요한 곳은
모두 상대가 차지하고 공정하지 못하다는 것은
한눈에 알 수 있었지만 경기는 시작되었고
부조리한 규칙들은 법이었고 관례였다
새까만 암흑천지에 하얀 돌 하나 툭
던져 놓았다
밤하늘 수많은 별 들 사이에
나는 희미하게 반짝이는 조그만 별이었다
무사히 살아갈 수 있을까?

미생

집 없이 떠도는 삶을 살아본 사람은 안다,

얼마나 비참한지 높은 곳에서 아래를 내려다보면

저렇게 많은 집 중에 내 집이 없다는 것이 더 슬프다

어렵사리 담을 쌓고 집을 지으면

무허가라고

도로가 없다고

사정없이 허물어 버린다

남의 집에 빌붙어 겨우 지내는 삶

해마다 돌아오는 재계약

꼬박꼬박 올라가는 인상금

언제 죽을지 모르는 하루살이 같다

죽도록 일을 해도 이 땅에 내 집을 갖는다는 것은

불가능일지도 모른다는 생각이 엄습해온다

그래도 완생을 꿈꾸는 나는

시영 임대주택도 신청해보고

공공임대 주택사업도 들여다보며

안간힘을 쓰고 있다

투잡에 쓰리잡 포기하지 않고

열심히 살다 보면 예쁜 꽃들이 자라는

마당 있는 집을 짓고 살 수 있다는 생각에

힘차게 돌을 놓는다

자충

검진 결과지를 들여다보며
의사는 뻔한 말을 한다
술 좀 줄이시고요
담배는요? 안 피운다니 그나마 다행이네요
혈관에 기름이 찼네요
운동도 좀 하시고요
로제타라고 고지혈증약 처방할게요
두 달 후에 봅시다
그때까지 좀 빼시고요

무심코 나의 배 속을 채우는 행동이
그나마 남아있는 나의 혈관을 막아 버렸다
포도송이처럼 늘어난 나의 뱃살은
결국은 나를 죽음으로 이르게 한다는 것을
진작 알아차렸어야 했다
살기 위해서는 날렵하게 뛰어다녀야 한다

3.3 침입

1. 알박기

몇 번에 걸쳐 터 닦은 곳에

덩그러니 놓인 돌 하나

알박기

아무리 궁리해도 치울 수 없어

귀퉁이 집 내주고

울며 겨자 먹기로

이웃하여 사는 삶

2. 상륙작전

적에게 둘러싸여

모든 땅이 적진이라 생각될 때

기습이다

삼삼한 곳

삶과 삶이 만나는 곳

3.3을 차지하라

인천 상륙작전처럼

결국 싸움을 승리로 이끌 수 있음이니

삶삶을 기억하라

출애굽기

[젖과 꿀이 흐르는 약속의 땅 가나안으로 가 살아라]

선생님이 학생에게 이르기를
요석이거든 살려두고
폐석이거든 죽이라 명하였는데
요석인지 폐석인지 구별도 어렵고
마음 약한 제자는 모두를 살리려 하였더라
좌상귀에서 시작한 탈출이
중앙을 지나고 바둑판을 가로질러
자신의 세력이 있는 우하귀로 가는 길
도처에서 행해지는 들여다보기
가끔씩 자기 돌을 희생하며 탈출을 막는 회돌이
시작은 미약했으나
탈출하는 길목마다 그 수가 불어서
전부가 버릴 수 없게 되어버린 형국

살 수 없을 거라는 불신 가득한 구경꾼들에게

기어이 살아감을 보여주려는 모세의 심정

홍해의 기적을 만들며 탈출한다

반패 싸움

이쯤 되면
그래 그 정도는 자네가 갖게
웃으면서 물러서줄 만도 한데
그는 악착같다
한 번 물러서면 두 번 물러서게 되고
결국은 자기의 모든 것을 빼앗기게 된다고
그렇게 배웠고 그렇게 믿는 그다
그 말은 맞다
이 집 하나 차지했다고
그를 이기지 못함을 알면서도
이 악물고 싸우는 나도 그처럼
이길 수 있다는 것을
이기는 방법을 숙달시키기 위함이니까

돌을 던지다

더 이상의 싸움은
많은 사상자와 돌아올 수 없는
포로들을 남길 뿐임을 알기에
눈물을 머금고
상대에게 공손하게 말했다
"졌습니다"

흐르는 눈물은 짜디 짜다
혈관마다 다음에는 몇 배로 갚아준다는
피의 꿈틀거림이 느껴진다
불현듯 나라를 되찾으려
만주로 떠났다는 할아버지가 떠오르고
나는 바둑판으로 돌아와
빼앗긴 땅들을 되찾고
소리 높여 웃을 것이라는 각오가 생긴다

복기

뒤돌아본다고

왔던 길이

되돌려지는 게 아니다

후회한다고 결과가 달라지는 건 아니지만

그래도 아직

두어야 할 대국이 남아 있기에

한 수 한 수 되짚어본다

적성에 안 맞는 이과를 선택하지 말고

문과를 가야 했구나

점수에 맞춰 대학 가는 것보다

그때 공무원 시험을 보는 게 나았을까

난 나에게 맞는 바둑을 두어야 하는구나

무턱대고 손 따라 두다 보면 남보다 앞설 수 없구나

복기를 한다는 것은

또 다른 도전을 할 수 있다는

희망이고 투지이다

포기하지 않는 한 판은 열려 있고

나는 다시 돌을 들어

나만의 우주를 만들 것이다

화국

승자도 패자도 없다
오로지 바둑만 있다
빙그레 웃는 미소가
둘을 감싸 안는다

여시아문(如是我聞)

1

나는 이렇게 들었노라

바둑을 두며 친구를 얻고

평화를 얻고 교훈을 얻고

심오한 뜻을 깨우치고

결국에 천수를 누리리라

나는 이렇게 들었다

2

승부의 세계에 친구가 어디 있냐고 하겠지만

친구이기에 승부를 겨룰 수 있다

술수와 간계가 아닌

승부를 걸 수 있는 친구가 앞에 있다

응원해주는 사람보다

승부의 세계로 같이 걸어주는 사람이

진정 친구라고 나는 들었다

3

한 수 한 수

내가 말을 하고 친구가 말을 듣고

화답을 하고

산사에서 스님이 목탁 치는 소리마냥

딱 딱

딱 딱

이기고 지는 가운데 교훈을 얻고

서로를 인정할 때 평화를 얻는다고

나는 들었다

4

혼자 가는 길은 편견이 생기리니

여럿이 같이 가다 보면

더 좋은 길

진정 옳은 길을 갈 수 있으니

대국을 하는 것은

심오한 깨달음을 얻을 수 있다고

나는 들었다

5

도낏자루 썩는 줄도 모르도록

집중하고 생각에 빠져드는 것이

신선놀음이라는 바둑이라고 들었다

매사 '빨리 빨리' 외치는 시대지만

하나 둘 셋 세는 계시기 소리가 상념을 방해하지만

한 번쯤은 모든 것을 잊고 훨훨 날아가 보거라

깊은 내면의 세계에 나를 담글 때 천수를 누린다고

나는 들었다

2부

전부를
살리는 길

꽃놀이패

싸움이 되지 않는다

나는 목숨을 내걸고 하는 싸움인데

그가 잃는 것은

조그만 공터 하나에 불과했다

머리띠 동여매고 기본 시급 일만 원 외칠 때

그는 팔만 원 하는 뷔페를 즐기고 있었다

내가 갈수록 올라가는 집세를 생각하고 있을 때

그는 노동자들의 기본급 천 원 올라가는 것을

걱정하고 있었다

귀삼수

아무리 버둥쳐도 삶의 길이 3수뿐

얼핏 상대를 제압하고 살 듯한데

조여오는 삶의 무게

늘어나지 않는 살림살이

우리들을 이끌어줄 용이 태어난다는

개천은 마른 지 오래고

하늘을 가리는 복개공사로

어둠 속을 폐수 속에 사는 동안

위에서는 권력의 향락이 펼쳐지고 있었다

하나

둘

셋

맞붙어 싸우려 해도 안 되고

도망가려 해도 막다른 골목으로 몰려

활로가 사라졌다

누구에게나 있다던 세 번의 기회는

아무 필요 없었다

유가무가불상전^(有家無家不相戰)

조물주보다 건물주가 더

대단하다는 세상에서

집이 없는 너는

집을 가진 자와 싸우려 하지 마라

집 옆 공터에 주차를 하려고 하면 집주인이

여기는 자기 공간이니 사용하지 말라고 한다

담벼락 낀 공터는 오로지 집주인의 전용지다

집 없는 사람은 주차할 곳 찾아 떠나야 한다

빈 공간을 못 쓰는 속쓰림에 결국

피 말라 죽는다는 유가무가불상전

상대와 대등하게 싸우려거든 너도 집 한 채는

만들어야 한다네

애초부터 집 없는 너는 집주인의 상대가 아니다

서둘러 머물 곳 찾아 떠나거라

우울한 날

오름에 올라 멀리 내려다본다

수많은 집들 오가는 자동차들

그래 저렇게 많은 집 중에 내 집도 있겠지

마음을 달래고 내려온 나에게

집주인이 한마디 한다

내년엔 자식이 와서 살 거니까 집 비워줘야겠어!

순간 떠오른 노래가사 흥보가 기가 막혀

[어디로 가오리까? 이 엄동설한에~]*

*노래가사에서 인용

귀살이

살아도 산 게 아니다
겨우 콧구멍 두 개 열어
숨을 쉬는 대가로 놈은
사방의 땅을 다 받아 갔다

생불여사라고 했다
살다 보면 살아진다고 했지만
살아도 산 게 아닌
비참하게 살아가는 사람들이
오늘도
내일도
그렇게 살아가며
한판의 대국은 완성될 것이다
그렇게 사는 것 또한
재미있는 삶이었다고

그렇게 쓸쓸하게 말하며

주섬주섬 돌을 거둘 것이다

생불여사

죽음보다 못한 삶을 이어가야 하는

슬픈 귀살이

바둑 돌

1

하나 다를 게 없는 녀석들인데

주변에 잘 사는 친구가 있는지

강남에 사는지

집도 많은 친구인지에 따라

운명이 달라지는 바둑돌

하나하나 돌을 쌓아 집을 만든다

2

바둑을 좋아하는 이유는 모두가 평등해서이다

장기나 체스처럼 왕이 있어

모두 그 왕을 지키기 위하여 장렬히 죽음을 택하는

그런 아픔보다

친구가 나를 위해 힘이 돼주고

친구가 없으면 외로워지는 게

우리의 삶을 꼭 닮았기 때문이다

지난 역사 속에서

왕이 다스리는 세월이 있었지만

바둑이 탄생한 몇천 년 전에는

모두가 평등한

그런 세상이었을 거란 생각이

내가 바둑을 사랑하는 이유다

귀곡사

1

귀신이 곡할 노릇
집이 넷이나 있는데
곡사면 살아 있다 했는데
하필 집 지은 곳이
막다른 곳이라
죽음을 맞는 귀곡사

2

살아 있는 줄 알았다
동굴에 숨어서
숨 쉴 활로도 있고
당장 누가 공격해오지도 않을 줄 알았다
가만히 있으면 살 수 있을 줄 알았다
간간이 총소리 들리고

연기가 피어올라도

토벌대가 찾기 힘든 험한 곳

그들도 들어가면 죽을 수 있는 곳

아무 일 없는 줄 잊혀졌었지

대국이 끝나고

하나둘 주검들을 찾아낼 때

통곡 소리만 들렸다

아직 살아 있는 듯한 유골이

세상에 드러날 때

굴속에서 생을 마감했을 아픔이

온 다랑쉬를 울렸다

먹여치기

살 수 없음을 알지만

진주 남강 푸른 물에 적장을 껴안고

주저없이 뛰어든 논개처럼

내가 죽어도 이 나라가 살 수 있다면

폭탄을 부여잡고 적진에 뛰어든 이봉창 열사처럼

전부를 살리는 길에 나의 한몸 두려우랴

사석 작전

이순신

이봉창

전태일

그리고 수많은 동지들

나의 죽음을 헛되이 말라

우리 승리하리라

관전기

1

지금 형세가 어떤가요?

아직 겨울이 멀리 있는데

하얗게 눈이 내리기 시작했네요!

허 그러면 흑이 어렵지 않은가요?

그렇죠!

지금 당장 연탄공장에 주문을 해 둬야 합니다

한겨울을 지내려면 연탄불 피우고

빙판길엔 연탄재 잔뜩 뿌려야 되니까요!

허 집도 없는 가난한 사람들이 한겨울 나기는

진짜 힘들 듯싶네요

연탄재 함부로 차지 말라고 한 시인도 있는데요

연탄 값도 무시 못 해요

냉방에서 오들오들 떨다 생을 마치는

사람들도 많다고 하던데

참 어려운 형국이네요

2

지금 형세가 어떤가요?

네! 말도 마세요

한쪽에선 미사일 쏘고

이쪽에선 요격하겠다 하고

여기저기서 서로 총질하고

깊숙한 곳으로 상륙작전하고

서로 치고박고 난리네요

아 걱정이네요

저러다 누구 하나 완전 박살나야 상황이 끝날 듯싶
네요

그러게 말입니다

도무지 진정될 기미가 보이지 않네요

서로 통신선이 끊겨서 소통도 안 되고

각자 자기 생각대로 싸우고 있네요

3

아직 서로 괜찮은 형국인가요?

네 요즘은 서로 눈치들만 보고 있네요

이쪽 저쪽 툭툭 건드리며

응수타진만 하고 있어요

마치 폭풍전야 느낌이겠군요

그렇죠!

내년에 총선이 있는데

아마 금방 큰 게 터질 듯싶어요

사자가 사슴을 잡을 때도 몸을 숨겼다가

일시에 공격하거든요

이럴 때 각별히 신경써야 합니다.

허 이렇게 잘 아는 나는 왜 공천 안 주나 몰라요

그거야 보는 것과 선수로 뛰는 것은 다르다는 것을

사범님이 잘 아시잖아요

쇄국정책

나라가 힘이 세면 굳이 문을 닫을 필요 있겠는가?

힘이 없어 문을 닫으면

이웃들이 갖은 방법으로 위협하여

문 열어라

문 열어라

지켜준다 보호한다

동맹이다 혈맹이다 하지만

정작 자기는 자기가 지켜야 한다

적이 쳐들어와 어쩔 수 없이 문을 닫지만

평상시는 문을 열고 힘을 키워야 한단다

1선과 2선은 나라의 문이니

평상시는 닫지 말고

3선으로 집을 짓고

4선으로 힘을 키우거라

빅 (대한민국)

한참을 치열하게 싸우다

더 이상의 싸움은 공멸임을 느끼고

한발 물러서 지켜본다

공배가 휴전선처럼 쭉 늘어서 있다

싸늘한 냉전의 기류가 흐른다

서로의 체제를 비판하며

먼저 도발하면 전멸이다

평화롭게 보이는 이 상황이

가끔은 다른 곳의 전쟁에 휩쓸려

또다시 죽음의 전쟁터가 될 수 있기에

서로 눈치만 보는 겉으로만 평화의 땅

심심찮게 전해지는 공습 경보 문자에

가슴이 철렁 내려앉는 대한민국

스스로 삶을 만들지 못하여

언제든

전쟁의 소용돌이에 말려들 수 있는

죽음의 그림자가 드리워져 있는

대한민국은 빅이다

아직 미생이다

휴전협정 대신 통일 정부를 이룰 때

비로소 두 눈을 가진

완생이 된다

아생후살타(我生後殺他)

-경선

적을 공격할 때는 우선

나를 튼튼히 해야 하거늘

대표 선수 뽑는다고 힘 겨루기 하다가

우리끼리 물어뜯어 상처만 남은 몸으로

어찌

적을 상대해 싸우겠느냐?

반전무인

네 앞에 누가 있느냐

어제는 누구였고 오늘은

또 누구이더냐

너의 앞에 권력을 잡은 강한 자도 올 수 있고

힘이 없는 노동자가 올 수도 있는데

그때마다 잣대가 다르면 되겠는가

눈을 뜨고 판을 바라보라

어떠한 국면인지

상대가 누구든지 형국에 맞게 착점을 하거라

하수 앞에서 우쭐대지 말고

상수 앞에서 주눅들지도 말고

너는 너의 바둑을 두거라

신이라 불리는 AI

2016년 3월,

이세돌 9단과 인공지능 바둑 프로그램 알파고

누가 신의 수를 두는가 반상대결 세기의 대결

인간은 졌다

이9단은 인간이 진 게 아니라

미미한 인간 이세돌이 진 것이라고 했지만

이제 사람들은 말한다

신에게 물어봐!

정 모르는 수가 나오면 AI 추천수를 봐

누가 이기고 있는지 얼마큼 좋은지

신이라 불리는 AI에게 물어봐!

기계의 계산 능력이

신의 능력으로 인정받는 시대

미국 유력지 파이낸셜타임스는 18일 자에 미국 아마추어 기사 켈린 펠린이 인공지능 대국 프로그램인 카타고와 15판 승부를 벌여 그중 14판을 승리했다고 보도했다. 이세돌 9단이 2016년 알파고에 1승$^{(4패)}$을 거둬 인간이 AI를 호선$^{(互先·맞바둑)}$으로 꺾은 지 7년 만이다.

인간은 신을 농락할 수 있는 존재임을 증명했다

사활(死活)

방이 두 개는 있어야 돼!

나만 들어올 수 있는

비밀의 방이 있어야 발 펴고 잘 수 있는 거야

방이 있다고 하여 밖으로 나가지 않으면

운동 부족으로 오래 못 사는 거야

방이 있으되 밖으로 나가 일하고

넓은 세계로 가서 새로운 땅을 개척해야

건강한 삶을 살 수 있는 거야

살고 죽는 것이 다반사인 세상이라고 하기에는

너무 딱딱하지 아니한가?

어떻게 살아야 하는지

또 어떻게 죽어야 하는지

생각은 있어야 하지 않겠는가

그저 발 가는 대로 지내다 보니

인생의 막다른 골목이라 하면

슬프지 아니한가?

맹기바둑

서울시 티비에스에 대한 지원을 안 한다는 조례 통과
대통령실 KBS 시청료 분리징수, 시청료 폐지론
공영 대신 자본의 논리 선택 의지
사람들의 눈을 가려보겠다는 의지

맹기를 두겠네
체념인가
모든 감각을 가로막고 공정치 않은 대결을
강요하는 그들을 담담히 받아들인다
맹기로 두겠네
자기는 판을 깔고 검을 휘두르며
나는 맨손으로 싸우라 한다
대결이 아니라 사형집행임을 모르지 않는다

그래 기꺼이 형장의 이슬이 되어주마

옳은 길을 가는데 구차한 구걸은 안 하마

맹기를 두겠네

3부

서로
집을 짓는 곳

기원

바둑을 배우는 아들은
기원으로 가자고 조른다
사람들이 서로서로
자기 집을 세고
너의 집을 세고
그렇게 서로 집을 짓는 곳

아들이 바둑을 두며
큼직큼직 집을 짓는 동안
나도 두 손 모아 기원을 한다
우리에게도 집 한 채 있어
가족이 편히 쉴 수 있기를

아버지의 등

아버지를 불러 오라는 어머니의 말은 어린 나에게

무척이나 반가운 심부름이었다

이웃집 아저씨와 마주 앉은 아버지의

따스했던 등은 기억에서 사라졌지만

고개를 길게 늘이고

아버지와 같은 바둑판을 바라보는

짜릿한 즐거움은 쉽게 잊히지 않는다

등 뒤에 있다는 것은

한곳을 바라본다는 것

상대의 허점을 찬찬히 살펴보는

둘이 한 편이 된다는 것

아버지가 이기면 같이 즐거웠고

지면 같이 애석해 하면서

어머니가 부른다는 이야기는

전하는 나도 듣는 아버지도 건성이었다

한 판이라도 더 두다 갔으면 하는 마음을

아버지의 등에 내 몸을 바짝 밀착함으로 전하던

내 유년의 기억

등 뒤에 있다는 건

응원한다는 것

같은 곳을 바라본다는 것

국수

대국을 하면 으뜸이 되라고

아들의 바둑시합이 있는 날이면

국숫집 간다

조국수님은 어떤 국수를 드실까

고기국수일까 아니면 멸치국수

둘다 섞은 멸고국수 드실까

만세국수가 좋을까?

삼대국수가 좋을까?

처음엔 만세국수

대대손손 삼대국수

영원토록 평생국수

바둑대회 열리는 날은

국수 먹는 날

바둑중학교

-바둑중학교로 진학하는 아들에게

아들아!

엄마 아빠 보고 싶으면 어떻게 할래?

빨래는 할 수 있겠니?

가끔은 전화도 할 거지?

부모의 걱정은 눈에 보이지 않는다

환하게 보이는 듯한 자기의 꿈이

세상을 다 감싸 안은 듯

성큼 기숙사 문을 열고 들어간 아들아!

꿈꿀 수 있는 그때 즐기거라

사람들은 말하지

그런 학교도 있냐

공부를 해야지 노는 것만 가르치면 되느냐

걱정해주는 사람들도 있지

꿈만 꾸다 현실로 돌아오면 힘들지 않겠느냐?

아들아!

이루지 못하는 꿈일망정

신나게 꾸어보지 않으려느냐?

같은 곳을 향해 가는 친구들과

함께 해보지 않으려느냐?

어렵다고 꿈꾸지 않는 그런 삶은 살지 말거라!

축머리

어둔운 밤길을 걸어 집으로 갈 때

무서운 골목길

외나무 다리길

저 앞에 등불 밝히고 계신 아버지

내가 안심하고 걸어갈 수 있는 든든한 버팀목

활로

태어나면 누구나 제 살길 갖고 나온다지만

누구는 4개의 살길

누구는 3개 혹은 2개

어떤 이는 1개뿐인 활로를 갖고 나온다

나를 죽이고 남을 살리는 임무를 부여받고

과감하게 살길이 없는 적진으로 들어가

장렬히 전사하는 그런 삶도 있고

살아보려 바둥대는 그런 삶도 있다

살다 보면 막다른 골목에 단수로 몰리기도 하지만

손 내밀어주는 친구 덕에 살아가는 경우도 있고

때로 허망하게 죽음의 길로 내몰리는 때도 있다

오늘 나에게 남은 활로는 몇 개인가?

나는 10수째 착수되었다

다행히 태어날 때 4개인 활로에

부모형제, 친구들 그리고 새로운 가족들과

활로를 공유하여 아직 살아 있다

2번째, 5번째, 7번째 수는 1선에 착수되어

불행히도 일찍 사석이 되었다고 한다

4번째 착수된 수는

가족의 사활이 걸린 중차대한 시기에

대마를 이끌고 동분서주하다가

어느 정도 대마의 사활이 안정되었다 느끼자

자신의 역할은 끝났다 느끼고 스스로 활로를 닫아버

렸고

얼마 전엔 5번째 착수된 돌마저

모진 병마와 싸우다 끝내 활로가 막혀

양지공원이라는 사석통으로 들어가 버렸지만

아직 대국은 끝나지 않았고

남은 돌들은 자신의 활로를 열려고 안간힘을 쓰고 있다

맹지

활로가 막혀버린 땅

포도송이처럼 덩치만 큰 땅

밖으로 나갈 길이 없다

에워싼 땅들이 하나둘 집을 지으며

숨통을 옥죄어 오고 있다

바둑판의 사석처럼 서서히

말라 죽고 있다

아득바둑

1

수요일마다 작은 도서관으로 아이들을 만나러 간다

바둑수업을 하는데 도서관에서 아득바둑이라 이름

지었다

무언가 치밀하고 악착같음이 느껴진다

5·16도로를 넘으며 생각한다

밀림 속에서 길을 뚫어야만

살 수 있는 세상

가지가지 이유로 잡혀와

폭력과 위협 속에서

고향 땅 고향 하늘을 잊고

살아갈 길을 뚫는 처절함

바둑을 배우는 아이들아

살기 위해서는 온 힘을 다해 활로를 열어야 한단다

2

수요일마다 아득바둑 숲터널을 지난다

카이로스와 크로노스

두 신의 틈바구니를 지나

초롱초롱 아이들의

눈망울 속을 지나

삶의 이야기를 하다

집 짓고, 집 빼앗는 살벌한 전쟁터 같은 바둑판을 어

떻게 하면

서로 같이 사는 세상으로 설명해볼까 궁리를 한다

쉽지가 않다

현재 세상이 살벌하기 때문일까?

친구랑 걸을 때 우리 사이를 갈라놓으려 하면 손 꼬

옥 잡아요^(이음)

친구하고는 너무 멀리 떨어지지 말아요^(1립2전, 2립3전)

어린 시절에서 한참을 놀다 다시 현실로 돌아오면

그사이에도 신들은

시계의 톱니바퀴를 부지런히 돌리고 있었다

바둑판보다 더 살기 빡빡한 현실이

카이로스와 크로노스의 시계를 맞물려놓고 있었다

참을성

매 학기가 시작되면 학부모님들의 문자가 빗발친다

"우리 아이가 참을성이 없어요."

"우리 아이는 주의가 산만해요."

어머니!

저도요 참을성 없어서 불의를 보면 뛰쳐나가고요

저도 이곳저곳 들여다보기 좋아해요

바둑은요 참는 것을 가르치는 게 아니라

참을 때와 화낼 때를 알아야 함을 가르칩니다

어머니!

어렸을 적에는

주위 모든 것들에 관심을 가지고

되든 안 되든 해보는 것들을 존중해주세요

산만한 게 아니라 관심이 많은 아이로 봐주세요

패싸움

어린 초등생들이 묻는다
"패싸움이 뭐예요?"
음 패싸움이란 말이지
너희들 할아버지가 한국전쟁 때
백마고지를 차지하려고
서로 싸웠던 것처럼
자고 나면 주인이 바뀌는 그 자리를
서로 차지하려고 치열하게 싸우는 거란다
그만큼 그곳이 중요한 자리란 뜻이지!
그 싸움이 전체 승부를 가를 수도 있어

가일수

1

상대의 큰 땅이 보인다
내가 아직 변변치 못한 집에 살고 있지만
저기 보이는 상대의 너른 땅에
작은 집이라도 지어 살면
그와 대등하게 살 수 있을 것 같은데

2

얘들아!
너희 집이 엄청 크면 걱정되는 게 뭐지?
음~
도둑이요!
강도요!
그러면 집을 지키려면 어떻게 해야 할까?
cctv를 달아요~

큰 개를 길러요~

경비원을 두죠~

그래! 바로 그것이 가일수란다

불안감을 없애고 맘 편히 사는 것이 가일수란다

천원

9개의 화점

그중 가운데 천원

하늘의 중심이라는 천원을 가르칠 때면

주머니 속 천 원짜리 지폐를 꺼낸다

하늘의 중심은 보이질 않고

당장 눈앞에 보이는 돈 천 원에

두 손 들고 열광하는 아이들에게

하늘의 섭리보다

천 원으로 살 수 있는 과자를 얘기해야 하는가?

땅을 딛고 하늘을 향해 한 발짝 한 발짝

나아가는 바둑판의 세계를

천 원짜리로 가르칠 수 있을까?

어린아이들에게 험난한 세상을

성급하게 얘기하고 있는 것은 아닐까?

바둑대회장 풍경

대국이 끝나고 화를 내고 있다

입문 단계입니다

내가 잘 두고 상대가 못 뒀는데

내가 졌다고

부모와 선생에게 화풀이하는 단계

울고 있으면 초급 단계

내가 잘 두는데 못 두는 상대에게

오늘만 졌다고 울고 있을 때

격려는 용기를 얻고 다음을 기약하며

타박은 포기를 하게 합니다

신나게 떠들고 서로 같이 놀고 있으면

중급 단계

승부보다는 친구

대국보다도 어울려 노는 게 좋은

취미 단계입니다

슬픔을 곱씹을 줄 알면 고급 단계

대국에 진 게 믿기지 않고

도무지 자신에게 납득이 안 가지만

속으로 삭이며

아직 내가 상대보다 못 두는구나 생각하고

내일을 기약할 줄 압니다

최강 단계는

상대를 칭찬할 줄 압니다

나도 잘 뒀지만 상대가 더 잘 뒀다

좋은 수를 배웠다

나의 수보다 상대의 멋진 수가

절로 생각나서 그 수를

다음에는 기필코 타파해보리라 합니다

바둑은 마음 수련입니다

사바하

한번 가고 또 가고 자꾸만 가다 보면

길이 되고

쟁기질 곡괭이질 돌 줍고 잡초 매고

일구고 또 일구면

밭이 되고 풍성해지리라

네가 놓는 돌들이 모여 커다란

세계가 되고 우주가 되리라

사바하

사바하

뜻대로 이루어지리라

자신이 하는 일에 의심을 버리고

뜻하는 바를 향하여 나아간다면

사바하

모두 이루어지리라

4부

圍期十訣
위기십결

부득탐승(不得貪勝)

이기려고 너무 욕심을 부려서는 안 되는 것이니

바둑의 원리대로 두어라

이기고 지는 게 중요한 게 아니라

어떻게 두느냐가 중요하다

매일 아이들에게 가르치지만

대국을 끝낸 아들에게 처음 하는 말은

이겼니?

절로 이기려는 욕심을 갖게 만든다

방과후 학부모들에게

이겼니?는 금기어라 말하며

정작 나는 아들의 전화기에다 오늘 이겼니?

무심코 내뱉고 있었다

입계의완 (入計宜緩)

적의 세력권(경계)에 들어갈 때는 무모하게 서둘거나
깊이 들어가지 마라

남의 떡이 커보이고 남의 집이 커보이는 법
지금 아니면 안 될 것 같은데
기다리라 하고
기다리다 때를 놓치면 그동안 뭐했냐고 타박하고
세상이 이렇게 될 줄 알았냐고?
내가 사면 떨어지고
내가 팔면 오르는 주식처럼
생각대로 안 되는 게 세상이라
하고 싶은 대로 두어라

공피고아(功彼顧我)

적을 공격할 때는 나의 능력 여부와 결점 유무 등을

먼저 살펴야 한다

남의 눈에 든 티끌은 크게 보이고

내 가랑이 터진 것 모르네

남의 옷에 묻은 지푸라기가 거슬린다

성경에

죄 없는 자 돌로 치라 하였듯

나의 약점을 먼저 없애고

상대를 단죄해야 하는데

이곳 저곳 오늘도 업보만 잔뜩 쌓아가는 내가 슬프다

기자쟁선 (棄子爭先)

돌 몇 점을 희생하더라도 선수를 잡는 것이 중요하다

마음이 약한 나는
버리는 것에 아파한다
방구석에 잡동사니 잔뜩 쌓아둬서
아내에게 핀잔 듣기 일쑤이다
길가에 피어나는 풀꽃도 다
이유가 있다 했는데
자식 같은 나의 돌들이
상대의 사석통으로 들어가는 것은
차마 눈 뜨고 못 본다
살리려 살리려 갖은 고생 다하고
결국 허망하게 끝을 맺을 때
고개를 떨구고 졌습니다 나지막한 소리

슬프지만 해야 하는 버림돌

낚시할 때 미끼를 아까워하지 않아야

대어를 낚을 수 있다는 버림의 미학

사소취대^(捨小取大)

눈앞의 작은 이득을 탐내지 말고 대세^(大勢)상의 요소
를 취하라

당장의 이익을 두고 더 큰 이익만을 좇다가

하나의 이익도 못 얻을까 봐

보이는 대로 냉큼 거둬들이는 나의 속성을 버려야

더 큰 이익을 얻을 수 있는데

손안에 들어온 새를 버리고

창공을 훨훨 나르는 새를 바라본다는 것은

그리 쉬운 일이 아니지만

움켜쥔 손을 펴야만

새로운 것을 잡을 수 있다

봉위수기 ^(逢危須棄)

위험에 처할 경우에는 버리거나 또는 시기가 올 때
까지 보류하라

곤마가 생기지 않도록 하는 것이 최상
살아가는 길이 있을 때야 무슨 걱정이 있겠냐만
도저히 살릴 가망이 없다면,
혹은 살더라도 여기저기서 그 삶의 대가를 지나치게
크게 지불해야 할 때
미련을 두지 말고 과감히 버리라 하지만
가진 게 그것뿐인 사람은 버릴 수 없어 움켜쥐고 살
다가
대마 몰살이라는 최후를 맞겠지요
도마뱀에게 물어봐야겠다
꼬리를 자르고 도망가는 심정을

신물경속(愼勿輕速)

바둑을 경솔하게 빨리 두지 말고 한 수 한 수를 신중
히 생각하면서 두어라

기억나지?
두기 전에는 아무 문제 없었는데
돌을 둔 그때 확 떠오르는 생각에
머리를 쥐어뜯고 뺨을 때리던 모습
몇 초만 더 생각할걸 후회하던 때 생각나지!

어떻게 해야 할지 모르겠는데
아무것도 생각이 안 나는데
생각하고 두라 하신다
한참을 생각하고 두었더니
장고 끝에 악수 둘 때도 있겠지만
생각은 할수록 많아지고

하수와 고수의 경계는

누가 더 여러 생각을 하는가이니

틀려도 좋고 져도 좋으니

생각하고 두거라

세상에 나온 모든 것들이

의미 없이 나오지 않았듯

네가 두는 바둑 돌들도

하나하나 의미를 부여해 주거라

동수상응(動須相應)

목표를 향해 갈 때에는 친구들과 뜻을 같이하거라

서로 다른 곳에 있더라도 끝내

하나의 목표를 향해 가거라

네가 있고 내가 있고

우리가 있는 이유가 서로 하나임을

우리는 서로 연관되어 같이 어우러지는 삶이라는

것을

날 일 자로 걷고

눈 목 자로 날고

한 칸 두 칸 또는 더 멀리 나아갈 적에

자기의 역할을 다 할 수 있도록 하거라

행마는 모름지기 서로 호응하는 거야

살기 좋은 천국

지상낙원이라 해도

친구가 없다면 아무 의미 없을 거야

바둑은 친구와 함께하고

비둑돌들은 다른 돌들과

어우러져야 하는 거야

피강자보 (彼强自保)

주위의 적이 강한 경우에는 우선 내 돌을 먼저 보살
펴라

상대의 힘이 강하다면
싸우기 전에 우선
나의 힘을 키워라

약한 돌은 강하게 몰아치고
강한 돌 앞에서는
나의 돌을 지키고 강하게 보여야
상대가 쳐들어오지 않는다

지나는 골목길에 마주치는
험상궂은 인상파들
말을 건네기도 무서울 때
너도 근육을 키우겠다는 생각이 들 것이다

세고취화 (勢孤取和)

상대 세력 속에서는

우선 내가 살고 보자는 마음을 가져라

너의 돌을 잡자는 게 아니라

내 한 몸 살겠다는 소박한 모습 보여라

멀리 뛰기 위해서는

무릎을 구부려야 한다

양손도 앞뒤로 흔들고

상대의 진영 속에서는

최대한 나를 낮추고 있다가

때를 기다려 도약해야 한단다

부록

바둑 용어 사전

바둑 용어 사전

가일수(加一手): 불완전한 돌의 모양에 약점이나 뒷맛을 없애기 위해서 한 수를 더 둠. 또는 상대의 돌을 확실하게 잡거나 자신의 돌을 보강하고 안정시키기 위해 한 수 더 두는 일. '산 대마에 가일수'란 말은 사족이란 의미.

관전기(觀戰記): 대국을 보고 나서 그 내용을 기보와 함께 해설하여 기록한 글. 보통 바둑 내용 이외에 기사와 관련된 주변 잡기를 싣거나 수에 대한 기사의 심리나 상황을 문학적으로 표현함으로써 단순한 수 분석을 넘어 문학 작품의 성격을 띤다.

공배(空排): 바둑에서 양편의 득점에 상관이 없는 빈 곳.

국수(國手): 1. 한 나라에서 으뜸가는 바둑 실력을 가진 사람. 반드시 제1의 실력자가 아니더라도 고수를

예우하여 부르는 명칭으로 사용되기도 한다. 2. 국
수 타이틀을 획득한 사람을 일컫는 말.

귀곡사^(一曲四): 귀에 생긴 곡사궁^(曲四宮). 귀곡사의 형은
완전하게 잡을 수는 없으나 상대에게만 잡을 권리
가 남아 있기 때문에 바둑 규칙에서는 둘러싸고 있
는 돌이 살아 있는 경우 죽은 것으로 처리한다. 중
국식 바둑에서는 명확한 점이 있다.

귀살이: 1. 귀퉁이에 조그맣게 집 내고 사는 것. 2. 상
대가 선점하고 있는 귀에 침입하는 것이 상용 수법
이다. 상대 진영에서 귀살이를 한다면 좋은 일이지
만 초반에 귀살이를 하는 대가로 상대에게 세력을
주면 안 좋다.

귀삼수^(一三手): 귀신이 반할 만한 수. 귀의 수싸움에서
상대를 3수로 만들어 잡는 기법 또는 그 모양. 계
속하여 상대의 수를 3수 이내로 만들어 수싸움을
이기는 방법을 말한다.

기도오득(棋道五得): 한자 뜻 그대로 바둑을 하면 얻을 수 있는 다섯 가지 좋은 이치, 즉 득호우(得好友), 득인화(得人和), 득교훈(得敎訓), 득심오(得心悟), 득천수(得天壽).

기원(棋院): 1. 일정한 돈을 받고 바둑을 즐기게 하는 시설이나 장소. 많은 사람들이 마치 도박장으로 잘못 알고 있는 경향이 많은데 이는 예전에 일부 기원에서 도박행위가 성행했던 탓으로 요즘에는 깨끗하고 남녀노소 바둑을 즐기는 곳이다. 본인도 아이들과 자주 찾는다. 2. 기사들을 중심으로 조직된 사회단체.

꽃놀이패: 한쪽은 패하면 큰 손실을 입고, 상대편은 패해도 별 상관이 없는, 한쪽에 일방적으로 유리한 패. 같은 이름의 TV 드라마도 있었는데 한쪽이 꽃길이면 다른 쪽은 진흙탕길이 맞다.

던지다: 1. 대국 중 중요한 착수 행위 또는 결단을 나타내는 표현. 2. 일본 용어 '투료(投了)'의 번역으로서

'돌을 거두다'라 하는 것이 적당하다. 3. 바둑 두는 사람은 돌을 던지면 패배했다는 뜻이니 바둑돌 던지는 장난은 하지 말라고 학생들에게 당부한다.

들여다보다: 끊을 곳을 엿보다. 끊을 수 있는 곳을 들여다보지 말라는 격언도 있다.

맹기바둑: 시각장애인들이 두는 바둑. '신의 한 수' 귀수편에 소개된 적이 있다. 눈을 감고 바둑을 둬보라! 보통 힘들지 않을 것이다.

머리: 서로 접촉하고 있는 돌의 중앙 또는 변 쪽으로 향하는 맨 앞의 돌.

먹여치다: 자충, 옥집 등을 유도하여 활로를 줄이거나, 우형(나쁜 모양)을 만들기 위하여 상대의 호구 자리에 돌을 집어넣다.

미생(未生): 삶이 온전하지 않은 상태. 만화, 드라마로 미생이란 말이 아주 유명해졌다.

복기(復棋): 두고 난 바둑의 판국을 비평하기 위하여 두었던 그대로 처음부터 놓아 보는 일.

불계패(不計敗): 1. 계가를 하지 않고 짐. 스스로 패배를 시인하는 경우에 일어난다. 2. 보통 '돌을 던졌다'라고 한다.

빅: 1. 수싸움이 걸린 두 돌이 서로 완전한 삶을 갖추지 못했으나, 어느 쪽도 잡을 수 없는 상태가 됨을 일컫는 말. 2. 승부가 나지 않음. 3. 영어에 익숙한 아이들은 '크다'라는 뜻으로 잘못 아는 경향이 많음.

사석(死石): 죽은 돌. 대국 중 따낸 돌 또는 종국 후에 쌍방이 인정하여 바둑판에서 들어내는 돌.

사석작전(捨石作戰): 바둑 전술의 하나. 버림돌을 이용하여 세력을 쌓거나 형태를 갖추거나 실리를 취하는 등 보다 많은 이득을 얻는 전술. 버림돌로 하여 상대 진영을 파괴하며 형태를 정비하는 사석작전, 버림돌을 이용하여 외세를 쌓는 사석작전 등이 있다.

사활(死活): 돌 모양의 삶과 죽음.

삼삼(三三): 귀의 교차점의 하나. 가로 세로의 3선이 만나는 자리.

생불여사(生不如死): 곤궁에 처한 돌을 살릴 수는 있으나, 사는 과정에서 너무 많은 손해를 보기 때문에 살려서 이득이 없음을 나타내는 말.

수담(手談): 바둑의 별칭. 상대와 말이 없이 손만으로도 의사가 서로 통한다는 뜻이다. '수담'이라는 영화를 추천한다. 보고 깨달음이 온다면 바둑을 잘 둘 소질이 있다고 본다.

수상전(手相戰): 1. 수싸움이라고도 한다. 2. 상대에게 둘러싸여 달아날 곳도 없고, 그 안에서 온전한 삶을 구할 수도 없는 두 미생마 사이에 벌어지는 사활과 관련된 싸움. 빅이 되거나, 아니면 어느 한쪽이 잡힌다.

아생연후살타(我生然後殺他): 바둑 격언의 하나. 자신의 말이 산 다음에 상대의 돌을 잡으러 가야 한다는 뜻이다. 약점을 살피지 않고 무모하게 상대의 돌을 공격하다가는 오히려 해를 입기 쉽다는 것을 일깨우는 말이다.

완생(完生): 완전히 삶. 독립된 두 눈을 확보하여 자체로 살아 있는 형태를 이른다.

요석(要石): 형세에 커다란 영향을 미치기 때문에 버려서는 안 되는 중요한 돌.

유가무가(有家無家): 수상전이 벌어진 흑백 중에 한쪽만이 집을 갖고 있는 형태. 보통 안의 공배를 집이 없는 쪽에서 메워야 하므로 집이 있는 쪽이 수상전에 유리하다. '유가무가 불상전'(有家無家不相戰)'이란 유가무가인 경우 수상전은 집을 갖고 있는 쪽이 유리함을 일깨우는 격언.

위기십결(圍棋十訣): 바둑을 두는 데 필요한 열 가지 요결을 북송(北宋)의 반신수(潘愼修)가 지어 태종(太宗)에게 헌상한 것. 부득탐승(不得貪勝), 입계의완(入界宜緩), 공피고아(攻彼顧我), 기자쟁선(棄子爭先), 사소취대(捨小就大), 봉위수기(逢危須棄), 신물경속(愼勿輕速), 동수상응(動須相應), 피강자보(彼强自保), 세고취화(勢孤取和)로 되어 있다.

자충(自充): 자기 돌의 공배를 스스로 메워 자기 돌의 수를 줄이는 일.

장문(藏門): 잡는 수법의 하나. 한 수로 돌을 가두어 달아나지 못하게 하여 잡는 방법.

착수(着手): 바둑판 위 교차점에 돌을 놓는 것.

천원(天元): 바둑판 한가운데에 있는 화점.

촉촉수(一手): 돌 잡는 수법의 하나. 돌 모양의 결함에 따라 먹여치기, 자충 등을 이용하여 돌을 잡는 기법이다. 연단수라고 하기도 하고 몰아떨구기라고

도 부른다.

축: 돌을 잡는 수법의 하나. 상대의 돌을 계속 단수가 되도록 몰아가는 방법으로 돌을 잡는다. 한자로는 관습적으로 '逐'을 사용해 왔다. 축을 알면 18급이다. '축 모르고 바둑 두지 말라'라는 말이 있는데 가장 기본이 되는 축을 모르면서 바둑을 둔다고 하는 것은 어폐가 있다는 뜻이다.

축머리: 축의 진행 경로에 위치하는 돌. 축이 성립되지 않게 하는 역할을 한다.

치수⁽置數⁾: 실력이 약한 쪽이 바둑 두기 전에 미리 접히고 두는, 실력의 차이를 나타내는 돌의 수.

치중⁽置中⁾: 돌의 급소에 두어 눈 모양을 없애는 사활의 기본 기법.

패: 쌍방이 서로 마주하여 돌 한 점을 번갈아 가며 따낼 수 있는 형태. 같은 형태가 계속 반복되는 것을

막기 위하여 한쪽이 따내고 나면 다른 쪽은 곧바로 그 돌을 따내지 못하고 한 차례가 지난 후에 따낼 수 있도록 규정하여 동형반복을 금지시킨 규칙.

패싸움: 팻감을 사용하며 패를 이기기 위하여 행하는 일련의 과정.

폐석(廢石): 바둑판 위에서 제구실을 다하여 활용 가치가 없는 쓸모없는 돌. 폐석과 요석을 구분하는 것이 중요하다.

포도송이: 돌이 심하게 뭉쳐 있는 형태. 돌의 능률이 떨어지는 대표적인 나쁜 모양으로 상대가 먹기 딱 좋은 모양이다.

행마(行馬): 바둑판에 놓인 돌들과 어우러지도록 일정한 방식에 의하여 돌을 착수하는 일. 날일자행마, 입구자행마, 눈목자행마, 한칸행마, 두칸행마, 밭전자행마 등이 있다.

화국(和局): 계가 결과가 무승부인 바둑. 요즘은 6호반 공제로 반집이라는 개념이 있어 무승부가 나기 어려운데 접바둑 혹은 정선바둑에서 가끔 나온다.

화점(花點): 바둑판에 찍혀 있는 9개의 점. 바둑판의 제4선끼리 교차하는 점(4개)과 제4선과 가운데 선이 만나는 점(4개) 그리고 중앙의 한 점.

환격(還擊): 돌 잡는 법의 하나. 돌 하나를 희생하여 상대의 돌무더기를 되잡는 방법.

활로(活路): 1. 돌이 뻗어 나갈 수 있는 바둑판 위의 교차점. 2. 일단의 돌이 살아갈 방법 또는 그 자리.

호구(虎口): 바둑돌 3개가 삼각형 모양으로 되어 있는 것. 범의 아가리란 뜻으로 매우 위험한 모양. 원래는 호구(戶口), 즉 집의 입구라는 의미로 쓰였다가 들어가면 잡아 먹힌다는 이미지가 강해져서 호구(虎口)로 통용되는 것은 아닐까 생각해보고 있다. 나 또한 아이들에게 호구(虎口), 즉 범의 아가리로 가르치고 있다.

회돌이: 먹여치기, 촉촉수 등을 이용하여 돌을 우형으로 만드는 기법. 회돌이 장문, 회돌이 축 등 회돌이를 기본으로 다른 기술과 연계한 고급 기술들이 있다.

훈수⁽訓手⁾: 대국을 구경하는 사람이 대국자에게 형세에 영향을 주는 수나 방법을 알려 주는 일. '반외팔목'은 훈수꾼이 여덟 수를 더 본다는 뜻이다.

시의 돌을 놓다

- 양동림 시에 대한 어쭙잖은 훈수

현택훈(시인)

시의 돌을 놓다

- 양동림 시에 대한 어쭙잖은 훈수

현택훈(시인)

양동림 시인의 두 번째 시집은 바둑 시집이다. 2008년 《제주작가》 신인상으로 데뷔한 뒤 13년 만에 낸 첫 시집 『마주 오는 사람을 위해』(한그루, 2021)에서 함께 살아가야 하는 우리의 모습을 시로 형상화한 시인은 이 시집에 이르러 바둑을 바탕으로 하여 삶을 표현한다. 왜 바둑인가, 하는 점은 그의 삶에서 찾아볼 수 있다. 취미였던 바둑이 직업이 되었고, 아이가 바둑을 시작하게 되면서 바둑에 모든 걸 다 걸게 되었다. 시는 고등학생 때부터 꿈꾸었고, 제주대학교 재학 시절 문학 동아리 '신세대' 활동을 하면서 본격적으로 시를 쓰게 되었다.

첫 번째 시집에서 "삶의 무게가 가벼워지면/ 달리는 트럭에서 떨어지기 십상/ 꼭 붙들어 타세요/ ……/

당신이 사과박스였는지, 돈박스였는지/ 생각하지 말고/ 그냥 박스들과 한데 엉클어진다 하세요/ 그게 당신이 사는 길이에요/ 삶의 무게가 가벼워지면/ 살랑거리는 바람도 무서워집니다"(「살아남기 1」 부분)라고 말하는 이 시에서 삶의 무게를 무던히 받아들이는 시인의 자세를 살필 수 있는데, 이는 이번 두 번째 시집에서 바둑을 통해 인생을 말하는 것과 연결되는 구조를 취한다.

첫 번째 시집의 발문을 강덕환 시인이 "어디 보자, 가만히 되뇌어본다."로 시작하여 맛깔스럽게 썼기에 필자가 발문을 쓸 수 있을지 처음이나 지금이나 걱정이다. 강덕환 시인은 오랫동안 양동림을 지켜보면서 발문을 썼다. 하지만 필자가 양동림 시인을 안 것은 오래되지 않는다. 게다가 필자보다 선배이기에 필자가 그의 삶과 문학에 대해 어떻게 논할 수 있다는 말인가. 그야말로 어불성설이다. 선무당이 사람 잡는다는 말처럼 이거 큰일이다. 그래도 용기를 내 쓰는 까닭은 바둑 이야기로 이렇게 삶의 모습을 보여주는 시를 쓴 점이 무척 인상적이기 때문이다. 바알못도 이해하게 하는 바둑 시가 펼쳐져 있기 때문이다.

몇 해 전에 드라마 '미생'(2014)이 큰 인기를 끌었다. 윤태호의 웹툰이 원작이라는 것은 많이 알려져 있다.

웹툰 시절부터 화제였다가 드라마로 큰 반향을 이끌었다. 그 이야기에 많은 사람들이 공감을 한 까닭은 바둑만 알았던 장그래(임시완 분)가 인턴 사원으로 회사에 들어와서 겪는 일들이 너무나 현실적이기 때문이었다. 그 모습이 바로 우리의 삶이기에 시청자들은 장그래를 응원했다. 이 시집 역시 그런 마음으로 읽게 된다. 여기 바둑을 두는 한 시인이 있다. 문제가 생기면 분노를 하고, 정의를 말하는 시인이다. 하지만 세상일이 녹록하지 않다. 바둑판이 곧 인생이다. 약육강식의 세계에서 고군분투하는 시인은 대마불사(大馬不死)로 시를 써가면서 이렇게 근사한 시의 집을 완성했다.

필자가 양동림 시인을 처음 만난 것은 아마도 제주작가회의가 주최한 문학 기행 자리였던 것 같다. 그는 아내인 조미경 소설가와 아이들을 데리고 나왔다. 둘째 아들이 바둑중학교에 입학할 정도로 그의 바둑 사랑은 세대를 이어가고 있다. 그에 대한 첫인상은 가정적인 시인의 모습이었다. 실제로 첫 번째 시집의 발간일을 결혼기념일에 맞췄고, 이번 시집은 부부의 생일(부부는 운명적이게도 생일이 같다.)을 발간일로 정했다. 아이들을 데리고 온 것은 아들딸에게 제주 문학의 현장을 보여주고 싶은 마음일 것이다. 바둑에 더 깊이 매진하게 된 것도 아들이 바둑에 관심을 보이기 시작하면서부터였다고 한다. 첫째 딸은 부모에 이어 문학의 길을 갈 것이라 들었다. 넉넉하지 않은 가정 형편에 직접 바둑 선생님이 되기로 결심한다. 그래서 그는 현재 초등학교 방과후 시간에 바둑을 가르친다. 가끔 계간《제주작가》에 발표하는 그의 작품들은 따뜻한 연대를 바라는 작품들이 많았다. 그러니 그의 시의 출발점은 가족이다. 피붙이들과 함께 풍파를 무릅쓰고 한 돌, 한 돌 시의 돌을 놓는다.

양동림 시인은 어렸을 때 아버지와 친구분들이 바둑 두는 모습을 어깨너머로 보면서 바둑을 배웠다고 한다. 그는 대학에서 생물교육과를 전공했지만 노동 현장에서 일하는 둥 직접 부딪치면서 삶을 꾸려왔다. 지금은 보험설계사 일을 한다. 초등학교에서 방과후 바둑 수업을 하고 있으니 바둑 선생이다. 어린이 바둑대회에서 학원에 다니는 아이들을 제치고 방과후 참여 학생들이 메달을 따는 일이 종종 있어서 바둑 학원계에서 양동림 바둑 선생을 주시한다는 소문도 들었다.

필자는 서귀포에 있는 마을도서관 사서로 있는데, 양동림 시인이 이 도서관에서 바둑 수업을 한다. 수업 이름이 '아득바둑'이다. 그가 수업을 하는 모습을 본 사람이라면 그 수업의 이름을 그렇게 지은 것에 대해 공감할 수 있을 것이다. 그는 정말 아득바득 수업을 진행한다. 수업 시간 내내 바둑 얘기로만 열정적으로 수업을 한다. 그래서 수강하는 아이들이 지쳐 나가떨어지는 경우도 있다. 바둑을 둘 때 허투루 두면 안 되는 것처럼 도낏자루 썩는 줄 모르게 바둑을 두듯 정성 들여 차곡차곡 수업을 한다. 목소리가 꽤 커서 옆 사무실에 있던 필자가 졸다가 화들짝 놀라 깬 적도 있다.

바둑에 대한 자세가 이번 시집에도 잘 나타나 있다. 그가 평소에 말하는 것을 들어보면 알 수 있는 가치관이 바둑에서 나온 사상인 것을 짐작할 수 있다. 바둑은 집을 만드는 일이지만 검은 돌과 흰 돌로만 나뉠 뿐 같은 돌이라는 인식은 바둑과 인생을 함께 보면서 얻은 지혜이리라.

> 바둑을 좋아하는 이유는 모두가 평등해서이다
> 장기나 체스처럼 왕이 있어
> 모두 그 왕을 지키기 위하여 장렬히 죽음을 택하는
> 그런 아픔보다
> 친구가 나를 위해 힘이 돼주고

친구가 없으면 외로워지는 게

우리의 삶을 꼭 닮았기 때문이다

　- 「바둑 돌」 부분

그에게 시의 언어는 바둑돌이나 마찬가지이다. 바둑돌을 올려놓듯 시어를 배치한다. 하나둘 낱말을 놓으면 어느새 시가 완성된다. 바둑돌은 위아래가 없다. 모두 똑같은 돌이다. 수천 년 동안 이어진 이 바둑에는 평등하게 살고 싶은 사람들의 염원이 담겨있기에 오랫동안 명맥을 유지하고 있는 건지도 모르겠다. 대국을 두는 두 사람은 그대로 일대일이 된다. 지위고하가 사라진다.

필자는 바둑을 잘 모르지만, 이 시집을 읽어보니 어렵지 않게 다가왔다. 이미 우리 일상에는 바둑이 스며들어 있기 때문이고, 시인이 그러한 삶의 이야기로 바둑을 풀어내고 있기 때문이다. 불교 용어가 우리 일상 깊숙이 들어와 있는 것처럼 바둑 용어가 일상화되어 있으니 바둑의 이치가 이미 우리에게는 어느 정도 내면화되어 있는 셈이다. 국면, 판세, 정수, 악수, 정석, 포석, 수읽기, 초읽기, 꽃놀이패, 수순, 복기, 자충수 등 일상에서 만나는 바둑 용어가 정말 많다. '꼼수'가 바둑에서 나온 말이라는 걸 이번에야 알

앞다. 이 시집에서도 이러한 용어를 제목으로 한 작품들이 즐비하다.

소동파가 "인간사란 그저 한 판의 바둑일 뿐"이라고 말했다. 이 시집을 읽으면 바둑이 곧 삶이라는 걸 깨닫게 된다. 우리가 살아가는 다양한 인생사를 바둑과 연결 지어 따져볼 수 있다는 것이다. 이쯤 되면 바둑을 알면 인생을 알게 된다, 라고 말해도 무리가 아닐 것이다.

힘센 놈이 이기는 게

그런 게 세상이라고 하기엔

너무나 가슴 아픈

집 없이 떠도는 설움

반반한 터에 내 기둥 하나 세워

한 계절 흐르니

그대 또한 한 계절을 기둥 세워

하늘 한번 바라보고

마주 보고 내 다시 기둥 세우고

그대 또한 어우러지니

잔잔한 세계에 흰 별 검은 별

슬며시 내려와 자리 잡아

어느 순간에 삶의 이야기가 되고

세상 사는 노래가 되고

-「바둑」부분

양동림 시인은 바둑으로 치열한 경쟁만이 난무하는 세계를 그리려고 하지 않는다. "그대 또한 한 계절을 기둥 세워/ 하늘 한번 바라보고", "어느 순간에 삶의 이야기가 되고/ 세상 사는 노래가 되고"라고 말한다. 질 때는 순순히 돌을 던지고, 집요하게 승부를 걸 때는 악착같이 돌을 놓으면서 돌은 별로 승화되고, 바둑이 곧 이야기와 노래가 된다고 읊는다.

그러므로 이 시집에는 양동림 시인의 바둑 철학과 인생 철학이 함께 들어있다. "투잡에 쓰리잡 포기하지 않고/ 열심히 살다 보면 예쁜 꽃들이 자라는/ 마당 있는 집을 짓고 살 수 있다는 생각에/ 힘차게 돌을 놓는다"(「미생」 부분)에 나타나듯 힘겹게 사는 인생에서 "바둑은요 참는 것을 가르치는 게 아니라/ 참을 때와 화낼 때를 알아야 함을 가르칩니다"(「참을성」 부분)와 같이 삶에서 참기만 할 것이 아니라 참을 때는 참더라도 부당한 일이 있을 때는 비판을 해야 한다고 말한다. 또 "손안에 들어온 새를 버리고/ 창공을 훨훨 나르는 새를 바라본다는 것은/ 그리 쉬운 일이 아니지만/ 움켜쥔 손을 펴야만/ 새로운 것을 잡을 수

있다."(「사소취대(捨小取大)」 부분)라고 말한다. 계속 갖고
만 있으려는 고집보다 놓을 때는 과감히 놓고서 다
시 새로운 것을 얻으라고 충고한다.

필자는 양동림 시인의 차를 얻어 탄 적이 몇 번 있
다. 필자는 조수석에 앉아 시인의 인생 이야기를 들
었다. 그는 세상에 대해 관심이 많고, 자신의 주장도
곧잘 펼친다. 급진적인 말을 내뱉기도 하는데 대체
로 개혁을 중요하게 여긴다. 개혁을 원하는 사람은
어떤 사람일까. 그런 사람은 이 세상의 문제점을 너
무나 제대로 직시하고 있는 사람이거나 개혁을 해야
자신의 숨통이 트일 거라 여기는 사람일 것이다. 필
자가 본 양동림 시인은 두 가지에 다 해당된다.

그는 대학 때 4·3에 대해서 고민하면서 '死·삶'이
라는 말을 가장 먼저 쓴 사람이다. 이제는 제주도에
서 보편적으로 쓰는 말이 되었는데, 이 말은 죽음이
횡행했던 시기에 그래도 살아가야 하는 삶을 보여주
는 말일 것이다. 첫 번째 시집에서 보여준 4·3 시 「성
길」, 「제사」, 「신원보증」 등의 작품(첫 번째 시집의 3부는
모두 4·3 시이다.)에 이어 두 번째 시집에서도 4·3 이야기
가 이어진다. 바둑 용어인 '귀곡사'를 제목으로 한 시
에서는 다랑쉬굴의 희생자 이야기를 귀곡사에 대입
한다. 귀곡사는 막다른 곳에서 죽임을 당하는 형국

을 일컫는 말인데, 다랑쉬굴에서 사람들이 억울하게
목숨을 잃은 것과 절묘하게 일치한다.

살아 있는 줄 알았다

동굴에 숨어서

숨 쉴 활로도 있고

당장 누가 공격해오지도 않을 줄 알았다

가만히 있으면 살 수 있을 줄 알았다

간간이 총소리 들리고

연기가 피어올라도

토벌대가 찾기 힘든 험한 곳

그들도 들어가면 죽을 수 있는 곳

아무 일 없는 줄 잊혀졌었지

대국이 끝나고

하나둘 주검들을 찾아낼 때

통곡 소리만 들렸다

- 「귀곡사」부분

다랑쉬굴은 1992년에 뒤늦게 발견이 되면서 4·3
의 모습을 그대로 보여준 곳이다. 들어가면 죽을 수
도 있는 곳에서 살기를 바랐지만 유골로 돌아왔다.
정말 그곳은 귀곡사였다. 제주도 사람들을 막다른 곳

으로 내몬 사람들이 누구인가. 살기 위해 숨어든 그곳이 그대로 무덤이 되었다. 그는 잘못된 점이 있다면 법을 고쳐야 한다고 종종 말한다. 그러니 그는 변화를 긍정적으로 바라는 사람이다. 민중의 역사에 가슴 아파하면서 다시는 그런 부당한 역사가 재현되지 않기 위해 정신 바짝 차리려는 모습이 이 시집 곳곳에서 눈에 띈다.

"자고 나면 주인이 바뀌는 그 자리를/ 서로 차지하려고 치열하게 싸우는 거란다./ 그만큼 그곳이 중요한 자리란 뜻이지!"(「패싸움」 부분), "한참을 생각하고 두었더니/ 장고 끝에 악수 둘 때도 있겠지만/ 생각은 할수록 많아지고/ 하수와 고수의 경계는/ 누가 더 여러 생각을 하는가이니/ 틀려도 좋고 져도 좋으니/ 생각하고 두거라"(「신물경속(愼勿輕速)」 부분) 등 바둑을 통한 깨달음을 전하는데, 바둑에 더 조예가 깊다면 「위기십결(圍棋十訣)」 연작시가 더 웅숭깊게 다가오리라. 바둑에 관심이 있거나 설령 관심이 없더라도 인생이라는 세계에서 수가 보이지 않는다면 이 시집을 곁에 두고 오래 보면 교본처럼 도움이 될 것이다.

몇 해 전에 알파고와 이세돌의 대국이 세계적인 화제를 일으켰다. AI와 사람의 지능 대결이라 주목을 받았다. 그만큼 바둑은 굉장한 두뇌게임이며, 그

수가 무궁무진한 보드게임이다. 인생 역시 수많은 경우의 수가 있지 않은가. 이 세기의 대결에서 결국 인간이 기계 앞에 무릎을 꿇었다. 하지만 그 기계 역시 인간의 두뇌를 시뮬레이션한 시스템이다. 바둑은 기계문명의 사고의 확대라는 측면에서 새로운 시대를 열었다. "인간은 신을 농락할 수 있는 존재임을 증명했다"(「신이라 불리는 AI」 부분)라고 말하듯 시 역시 다채롭게 펼쳐지지만 결국 인간의 시 아닌가. 무엇을 노래하든 인간으로 집결된다. 이 시집 역시 바둑을 통해 인간을 말한다.

표제시 「여시아문」에서는 "~나는 들었다"라는 형식으로 여시아문의 삶을 보여준다. 알파고 역시 인간의 바둑에서 들은 것으로 체계를 만들었다. 들은 바대로 진행되면 좋겠지만 들은 대로 하지 않아서 문제가 생긴다. "대국을 하는 것은/ 심오한 깨달음을 얻을 수 있다고/ 나는 들었다"와 같이 시인은 바둑을 통한 깨달음에서 진리를 얻을 수 있기를 희구한다. 그것은 가능한 일처럼 보인다. 바둑이 곧 인생이니 바둑으로 삶의 철학을 완성할 수 있을 것이다. 그러한 점은 시 「수담(手談)」에서 빛나는 발견으로 나타난다.

내가 하는 말보다

상대가 하는 말을 더 들으려 애쓴다

나는 말을 하였으되

상대가 모르길 바라고

상대가 하는 말은 바로 알아차려야 한다

나는 이중 삼중의 뜻을 말하고

상대가 하는 말은

그중 제일 하고 싶은 말이 무엇인지

그리고 그에 맞는 내가 답을 해야 하는 것

손짓 한번에 세계를 담고

손과 손이 오가며 우주를 담아내는

바둑판 속 돌들의 언어

　-「수담^(手談)」전문

　수담^(手談)은 서로 상대하여 말이 없이도 의사가 통한다는 뜻이다. 바둑을 둘 때는 말이 필요 없다. 하지만 무언의 말들이 수없이 오간다. 상대의 마음속을 알려고 노력한다. 반면에 나의 마음속을 들키지 않으려 애쓴다. 그러다 바둑 두는 시간이 길어지면 이심전심으로 서로를 이해하게 된다. 승부를 떠나 서로 맞대어 길을 가는 지음^(知音)의 경지에 다다른다. "손짓 한번에 세계를 담고/ 손과 손이 오가며 우주를 담아내는/ 바둑판 속 돌들의 언어"라는 표현을 하기까지 얼마나 많은 돌을 놓았을까. 하루하루 사는 것은 돌을 놓는 일이다. 말하지 않아도 내 마음을 알아주는 사람이 한 사람이라도 있으면 얼마나 살 만한 인생인가. 때론 돌을 던지기도 하지만, 시인은 바둑으로 "돌들의 언어"를 징검다리처럼 놓는다. 그리고 그 징검다리는 점점 멀어지면서 별자리가 된다. 삶의 한복판에서 내가 놓은 돌을 밟고 나아간다.

바둑은 또 성찰의 시간이 있다. 시 「복기」를 보면 잘 알 수 있다. "그래도 아직/ 두어야 할 대국이 남아 있기에/ 한 수 한 수 되짚어본다/ …… / 복기를 한다는 것은/ 또 다른 도전을 할 수 있다는 희망이고 투지이다"라는 말은 이 시집의 전언이자 시인의 원하는 바로 다가온다. 바둑을 두다 보면 질 때도 있고, 이길 때도 있다. 인생도 마찬가지이다. 실패할 때도 있고, 성공할 때도 있다. 만약 실패했다면 복기가 필요하다. 아쉬움이나 부끄러움이 많이 남는 일을 되짚어보면 수가 보일 수 있다. 미래를 예측하기 어려운 세상, 하지만 지난날을 잘 복기하면 미래의 수가 보일 것이다.

시인은 오늘도 돌을 놓는다. 오늘도 하루를 살고, 한 편의 시를 쓴다. 그가 바둑에서 돌을 놓듯 언어의 돌로 집을 짓는다. 비록 현실의 집은 춥고 힘들어도 이렇게 견고하고 아름다운 시의 집을 한 권 지었다. 그에게 집은 언어의 돌로 지은 가정(家庭)이다.

이 집에서 시인은 알뜰히 살림을 꾸리며 오순도순 가족과 행복하게 지낼 것이다. 그것이 이 인생이라는 바둑에서 그가 꿈꾸는 최선의 묘수가 되고, 시도 그에 맞게 정수(正手)의 돌을 계속 놓게 될 것을 이 시집이 증명한다. 그나저나 이참에 양동림 시인으로부터 바둑을 배워야겠다. 그러면 인생도 시도 길이 조금 더 선명하게 보일까.

양동림

태손땅 납읍에서 나고 자랐다.
제주작가회의, 애월문학회 회원으로 시를 쓰며
방과후교실에서 어린이들에게 바둑을 가르친다.
현대해상에서 보험 판매원으로 일하고 있다.
시집으로 『마주 오는 사람을 위해』가 있다.
saranamgi@hanmail.net

여시아문 如是我聞

2023년 8월 2일 초판 1쇄 발행

지은이 양동림
펴낸이 김영훈
편집인 김지희
디자인 김영훈
편집부 이은아, 부건영, 강은미
펴낸곳 한그루
　　　　출판등록 제651-2008-000003호
　　　　제주특별자치도 제주시 복지로1길 21
　　　　전화 064 723 7580 전송 064 753 7580
　　　　전자우편 onetreebook@daum.net 누리방 onetreebook.com

ISBN 979-11-6867-104-1 (03810)

이 책은 제주특별자치도와 제주문화예술재단의
2023년도 제주문화예술지원사업의 후원을 받아 발간되었습니다.

값 10,000원